PEDAGOGFÖRLAGET AB
är ett familjeföretag i tre generationer. Vårt motto är att sprida glädje.

Hjärtligt välkommen in på vår hemsida med roliga kort och tänkvärda presentböcker, kortaskar och vykort!

Tack för att du valde denna bok!
Daniel Swärd
VD

www.pedagogforlaget.se

Originaltitel: LOVE FOR OUR TIMES

Ursprungsförlag: Exley Publications Ltd, Storbritannien.

PEDAGOGFÖRLAGET AB
Box 44, 264 21 KLIPPAN
Tel: 0435-135 35
Fax: 0435-135 40
www.pedagogforlaget.se
info@pedagogforlaget.se

Svensk översättning: Agneta Renshult
Tryckt i Kina

PEDAGOG FÖRLAGET

ISBN 978-91-86025-11-3

TID FÖR KÄRLEK!

PEDAGOGFÖRLAGET

Inget är ljuvligare än kärlek

Inget är ljuvligare än kärlek,
inget är starkare, inget högre, inget större;
inget ger mer lycka, inget är mer fullkomligt,
inget är bättre i himmel eller på jord …

THOMAS À KEMPIS (1380-1471)

KÄRLEKEN FÖRÄNDRAR ALLT. KÄRLEK ÄR DEN STARKASTE KRAFTEN I VÄRLDEN. EN MÄNNISKA SOM DRIVS AV KÄRLEK ÄR DET MÄKTIGASTE SOM FINNS. DET FINNS ANDRA VÄLDIGA KRAFTER, T EX HAT. MEN KÄRLEK ÄR STÖRRE.

MILLARD FULLER, UR ”A HOUSE EVERY FIFTY MINUTES”

Kärleken har vingar, den spritter av glädje.
Den är fri och obunden.
Kärleken känner inga gränser, den tar sig lätt över alla hinder.
Kärleken upplever inget som tungt, är inte rädd för att
uppoffra sig. Den anstränger sig till det yttersta.

THOMAS À KEMPIS (1379-1471), UR " THE IMITATION OF CHRIST"

Den gränslösa kärleken är ett vapen med ojämförlig styrka. Den är ”summum bonum” (det högsta goda) i Livet. Den är ett kännetecken på den modige, ja, faktiskt just det som karaktäriserar honom. Den kommer aldrig i närheten av den fege. Den är inte något kallt eller livlöst men en levande, livgivande kraft. Den är hjärtats speciella kännetecken.

MAHATMA GANDHI (1869-1948)

Livet kan få styrka av många vänskapsband.
Att älska och att bli älskad
är tillvarons högsta lycka.

SYDNEY SMITH (1771-1845)

OMTANKE

PENGAR ÄR BRA ATT HA, MEN DEN KÄRLEK,
DEN UPPMÄRKSAMHET OCH DEN
OMTANKE VI GER ANDRA
ÄR DET VIKTIGASTE.

MODER TERESA (1910-1997), UR "A LIFE FOR GOD"

TILLSAMMANS

Utan gemenskap med andra
kan inte en enda människa överleva.

THE DALAI LAMA, B.1935

Bara kärleken

Bara kärleken kan förena människor, så att de känner sig som hela människor, för bara den kan gripa tag i dem och föra dem samman genom det som finns djupast i dem.

PIERRE TEILHARD DE CHARDIN (1881-1955)

Om vi inte har fred med varandra,
beror det på att vi har glömt att
vi tillhör varandra.

MOTHER TERESA (1910-1997)

Kärleken griper tag i ditt hjärta
och den tvingar dig att uppleva att av alla
väldiga krafter finns det inget så starkt,
så oemotståndligt som just kärlek.

WILLIAM LAW (1686-1761)

Det finns bara ett enda i livet som kan få
kosta vad som helst och det är kärlek.
Överflödande och obegränsad kärlek,
hög som himlen och djup som havet –
kärlek är det enda verkligt värdefulla i livet.
Välsignad är den som får uppleva det.

SWAMI VIVEKANANDA (1862-1902),
UR "THE COMPLETE WORKS OF SWAMI VIVEKANANDA" VOL. V

Kärlek är det fantastiska trollspö som
förvandlar denna värld till en trädgård.

ROBERT LOUIS STEVENSON (1850-1894)

Kärlek gör det bittra sött;
kärlek förvandlar simpel koppar till guld.
Genom kärlek blir det grumliga klart;
genom kärlek övergår sjukdom till hälsa.
Genom kärlek blir död till liv;
genom kärlek görs en kung till slav.

JALAL AL-DIN RUMI (1207-1273)

KÄRLEK

Ett enda lyfter av oss allt tungt och smärtsamt i livet – det är kärlek.

SOPHOCLES (496-406 B.C.),
UR "OEDIPUS AT COLONNUS"

Hat kan inte förstöra hat, men kärlek kan det och gör det … kärlek som uthärdar allt och är mild, kärlek som tar på sig ansvar, kärlek som går vidare, kärlek som lider, kärlek som blöder och dör för en stor sak – men uppstår igen.

DANIEL A. POLING

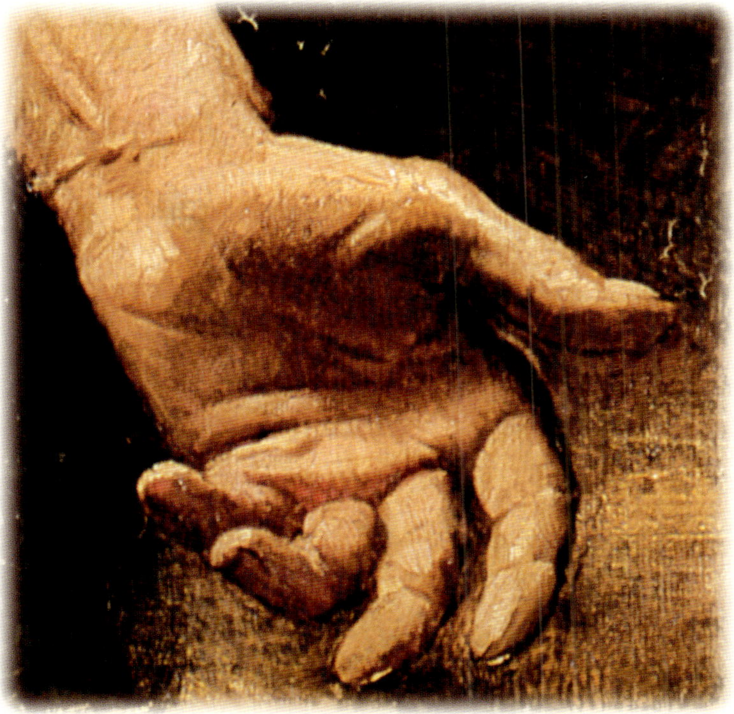

Ingen föds med hat mot någon annan på grund av hans hudfärg eller hans bakgrund eller hans religion. Människor måste lära sig att hata och om de kan lära sig att hata kan de också läras att älska, för kärlek kan växa fram mer naturligt i människohjärtat än motsatsen.

NELSON MANDELA, F. 1918,
UR ”LONG WALK TO FREEDOM”

Smält ner

Smält ner deras vapen, smält deras hjärtan,
smält deras vrede med kärlek.

SHIRLEY MACLAINE, F.1934

leras vrede

Det är kärlek som formar oss till att bli hela människor – inte vårt utseende, inte vårt arbete, inte våra önskningar, inte våra framgångar, inte våra föräldrar, inte vår status, inte våra drömmar. Allt detta är naturligtvis nödvändigt för oss, sådant som styr våra liv; men det är kärleken: vem vi älskar, hur vi älskar, varför vi älskar och att vi älskar som till sist gör oss till det vi är.

DAPHNE ROSE KINGMA

Det största i livet är,
att älska, inte att bli älskad,
att tjäna, inte att bli betjänad,
att i tider av nöd vara en stark hand i
mörkret åt en annan människa,
att vara en kraftinjektion för varje svag själ i kris.
Detta är att veta vad som är stort i livet.

ÄRKEBISKOP MICHAEL RAMSEY (1904-1988)

Att varje morgon vakna med ett leende som lyser upp mitt ansikte; att hälsa den nya dagen med tillförsikt inför de möjligheter den bär med sig; att gå till arbetet med öppet sinne; att ständigt – även då jag uträttar till synes obetydliga saker – ha klart i sikte det mål jag strävar mot; att möta alla människor med ett leende på läpparna och kärlek i hjärtat; att alltid vara vänlig, hjälpsam och förekommande; att gå mot natten med en trötthet som verkligen låter mig få sova och med en glädje som kommer av ett väl utfört arbete – det är på det kloka sättet jag vill använda mina dagar.

THOMAS DEKKER (O. 1570- O. 1641)

Hålls samman

Världen hålls samman av
osjälvisk hjälpsamhet.

STUART OCH LINDA MACFARLANE

Kärlekens lag

Det är kärlekens lag som styr mänskligheten.
Om våld och hat hade regerat oss, skulle vi ha
varit utplånade för länge sedan.
Och ändå – tragedin är att det vi
kallar civiliserade människor
och nationer uppför sig som om
samhället vilade på våld.

MAHATMA GANDHI (1869-1948)

Likgiltighet är världen

övervinnelige jätte.

OUIDA (1839-1908)

Vi kan bota fysiska sjukdomar
med mediciner, men den enda hjälpen
mot ensamhet, förtvivlan och hopplöshet
är kärlek. Det finns många i världen
som längtar efter litet mat,
men det är många fler som
längtar efter kärlek.

MODER TERESA (1910-1997) UR "A SIMPLE PATH"

Inget på jorden är så sårbart och räddhågat som människan, och inget är värt mer medkänsla och barmhärtighet.

RONAN BENNETT, UR "HAVOC IN ITS THIRD YEAR"

ingenting

HARMONI

… ett av kärlekens kännetecken
är att den skapar harmoni
och ordning ur kaos,
att den ger mening och innehåll
där det tidigare inte fanns sådant.

MOLLY HASKELL, F. 1940

Vi behöver varandra för att dela
livets och dödens mysterier,
för att ge substans åt vår glädje och vår sorg,
för att hjälpa oss på vår resa
och för att påminna oss om att vi alla är ett.

OKÄND FÖRFATTARE

Kärlek är den starkaste kraften i världen och ändå är den det ödmjukaste man kan tänka sig.

MAHATMA GANDHI (1869-1948)

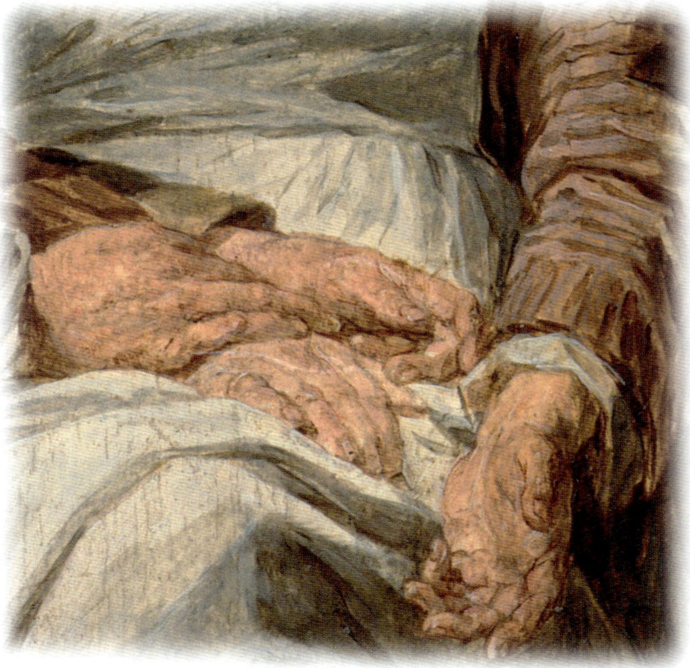

Om jag behandlar dig med lika stor förståelse som jag behandlar mig själv – förlåtande, accepterande, kärleksfullt, stödjande, utan krav eller förväntningar – då händer inte bara det jag förväntar mig ska hända, utan något mycket mera underbart.

MIKE STRONG

Kärlek mellan två människor kan bara betyda att två ensamma varelser kommer närmare varandra, ger varandra uppskattning och skyddar och tröstar varandra.

HAN SUYIN

Kärleken är något mycket stort, något på alla sätt mycket fin
den ensam kan lätta det som är tungt, och den leder
varsamt genom det som är svårt. För den bär en börda
utan att själv bli nertyngd, den förvandlar allt bittert till
något gott och angenämt. Kärleken vill bli synlig, inte håll
tillbaka av något simpelt och tarvligt. Kärleken vill vara fr
och långt från alla världsliga begär, så att dess väsen inte
fördunklas så att den blir oigenkännlig eller olycka slår
ner den. Inget är finare än kärlek …

THOMAS À KEMPIS (1379-1471),
UR "THE IMITATION OF CHRIST"

Kärlek är ungefär som molnen
som fanns på himlen, innan solen bröt igenom.
Du kan ju inte ta på molnen, men du kan känna regnet
och vet hur glada blommorna och den törstiga jorden
är över det efter en varm dag.
Du kan inte ta på kärleken heller,
men du kan känna dess ljuvlighet som strömmar in i allt.

ANNIE SULLIVAN (1866-1936)

Vi behöver bli älskade. Vi behöver människor som
talar om för oss att vi är unika och oersättliga,
människor som ger oss vad vi behöver
och stöter bort våra känslor av rädsla och osäkerhet,
precis som våra mödrar gjorde när vi var barn.
Men vi behöver också ge bort kärlek för att
förändra något i någon annans liv.

RABBI HAROLD S. KUSHNER

För andra . . .

Gör det vanliga
med extra stor kärlek: små, till synes
obetydliga saker som att ta hand
om den sjuke och hemlöse,
den ensamme och den oönskade,
tvätta och städa åt dem.

MOTHER TERESA (1910-1997), UR "A SIMPLE PATH"

Vi behöver inte bomber eller vapen.
Kärleken är vårt vapen: kärlek mot de spetälska,
de gamla, de döende, de förlamade;
mot alla dem som inte har någon och
inte älskas av någon.

MOTHER TERESA (1910-1997), UR "HEART OF JOY"

Vi kan känna oss lugna

FÖRVISSNINGEN ATT DET FINNS KÄRLEK HÅLLER BORTA RÄDSLAN FÖR ALLA KATASTROFER. KÄRLEKEN VÄGER UPP ALLT ANNAT, OCH VI KAN KÄNNA OSS LUGNA MITT I ALL FÖRVIRRING.

PAM BROWN, F. 1928

vänskap

Jag sade: ”Vänskap är det starkaste bandet i världen”, och jag hade skäl att säga så, för det är den enda sammanhållande länken som denna världen har.

BISKOP JEREMY TAYLOR (1613-1667),
UR ”OF THE NATURE AND OFFICES OF FRIENDSHIP”

När ska vi egentligen lära oss
att vi är beroende av varandra,
att vi alla är lemmar i en enda kropp?
Först när en anda av kärlek till våra medmänniskor,
oavsett ras eller tro, fyller världen,
först när människor i stort blir
fyllda av ansvarskänsla för
varandras välbefinnande,
först då kan vi få social rättvisa.

HELEN KELLER (1880-1968)

En vanlig dag som alla andra
när man plötsligt ser varandra
i ett nytt och annorlunda ljus.
En lönndörr som öppnas
– ett hemligt rum –
i en människa som man trodde
att man kände varje vrå hos.
Och man inser att älska någon
innebär att återupptäcka
henne igen och igen.

ANNE SWÄRD F. 1969

INGEN SOM HAR UPPFOSTRAT
ETT BARN KAN FÖR ETT ÖGONBLICK TVIVLA
PÅ ATT KÄRLEK BOKSTAVLIGT TALAT ÄR DET
LIVGIVANDE FLÖDET FÖR DEN MÄNSKLIGA
EXISTENSEN.

DR. SMILEY BLANTON

Hälsningar

Kärlek är allt som betyder något.
Inte som något slags obestämd, romantisk idé
utan som skrattet när man välkomnar någon
vid dörren, och som den högst påtagliga doften av
bönstuvning som puttrar på spisen.

NICHOLAS LUARD, UR "THE FIELD OF THE STAR"

Liksom vardagslyckan
kan vardagskärleken vara
den starkaste.
Kanske inte den mest glamorösa
men den mest betydelsefulla.

ANNE SWÄRD F. 1969

Det är i skydd av varandra
som människor lever.

IRISH PROVERB

Katastrofer drar fram över världen – krig och sjukdom, jordbävning och översvämning och eldsvåda – men i kölvattnet av katastroferna kommer handlingar av mod och omsorg, som slår människor med häpnad. Ljus i det djupaste mörker.

CHARLOTTE GRAY, F.1937

katastrofer

Ett barn

behov

Vi försöker att ge våra barn
allting –
när allt de behöver är kärlek
och trygghet

PAM BROWN, F. 1928

Vi ser på nyheterna. De stolta generalerna, de högljudda demagogerna, de skränande politikerna som bara bevakar sina egna intressen, de intoleranta och de hjärntvättade. Fångarna med tomma ögon. De sårade soldaterna. Fäderna som gråter över sina förlorade familjer. Och alla dessa som arbetar för att reparera sönderslitna samhällen, förstörda liv, djupa sår. Alla är någons söner. Kom ihåg dem. De är alla dina bröder.

PAM BROWN, F.1928

Jag tror att summan av mänsklighetens energi inte används för att slå ner oss utan för att lyfta upp oss. Och att detta är resultatet av det resoluta – om än omedvetna – arbete som kärleken utför. Det faktum att mänskligheten ännu består visar att de sammanhållande krafterna är starkare än de som splittrar, kraften mot centrum är större än den från centrum.

MAHATMA GANDHI (1869-1948), UR "YOUNG INDIA"

. . . alltid

Det finns kärlek som liknar en liten oljelampa, som slocknar när oljan tar slut; och det finns kärlek som är som en bäck som torkar ut, när det inte regnar. Men det finns också en kärlek som liknar en väldig källa som springer upp ur jorden; den ger alltid vatten, ja, den är outtömlig.

ISAAC OF NINEVEH

Vad vårt hjärta är fullt av visar sig
i hur vi tar emot, i vad vi strävar efter,
i hur vi berör, i allt som vi skriver och säger,
i hur vi går, i vad andra ser i våra ögon.

MODER TERESA (1910-1997)

Jag tror att det mest betydelsefulla vi någonsin kan åstadkomma i hela vår värld, i hela vårt liv, det görs inom de fyra väggarna i vårt eget hem. Alla fäder och mödrar, vilken ställning de än har i livet, kan ge sitt största bidrag genom att hos sina barn inpränta en anda att vilja ställa upp, så att barnen växer upp med en inställning att verkligen vilja engagera sig för förändringar.

STEPHEN R. COVEY, FIL.DR.

…e får mod

När vi sjunker ner i djup förtvivlan,
kommer vi ihåg dem som omsluter de lidande med kärlek,
som får dem att känna sig trygga, som ger dem mat,
förbinder deras sår och botar deras sjukdomar.
De som tar kontakt med dem som lämnats ensamma.
Som är mödrar för barnen. Som ger hopp om en ny början.
…Ur rädslan växer då ett oanat mod. Om barn får aldrig så litet (av kärlek)
lär de sig att skratta igen – och att till dem som tar hand om dem
ge tillbaka glädje som uppväger varje svårighet de har fått stå ut med.

PAM BROWN, F.1928

Alla kan vara stora, för alla kan vara någons nästa. Man behöver inte ha en universitetsexamen för att vara till nytta för andra, eller kunna plocka ut subjekt och predikat. Man behöver inte veta vem Platon eller Aristoteles var. Man behöver inte känna till Einsteins relativitetsteori eller den andra teorin om termodynamiken inom fysiken. Man behöver bara ett gott hjärta, ett inre som styrs av kärlek.

MARTIN LUTHER KING, JR (1929-1968)

Det finns bara en enda verklig förlust –
det stod klart för mig den där morgonen –
och det är att inte kunna ge sina gåvor
till dem man älskar mest.

MAY SARTON (1912-1995)

förlust

TVÅ BRÖDER

Två bröder arbetade tillsammans på familjefarmen. Den ene var gift och hade en stor familj. Den andra levde ensam. Vid dagens slut delade de allting lika, det man producerat och förtjänsten.

En dag sade den ensamstående brodern till sig själv:"Det är inte rätt att vi ska dela produktion och förtjänst lika. Jag är ensam, och jag behöver inte så mycket." Så varje natt tog han en säck säd och kröp över åkern mellan deras hus och tömde säcken i sin broders förråd.

Under tiden sade den gifte brodern till sig själv: "Det är inte rätt att vi ska dela produktion och förtjänst lika. Jag är ju gift och har hustru och barn som kan ta hand om mig under kommande dagar.

Min broder har ingen, ingen som tar hand om honom i framtiden." Så varje natt tog han en säck säd och tömde den i sin ensamme broders förråd.

Båda männen var i åratal förbryllade över att deras sädesförråd aldrig minskade. En mörk natt stötte de båda bröderna på varandra. Långsamt gick det upp för dem vad som hade hänt. De släppte ner sina säckar och omfamnade varandra.

OKÄND FÖRFATTARE,
UR "MORE SOWER´S SEEDS" AV BRIAN CAVANAUGH

Någonstans i våra själars innersta mörker finns
minnena av de andra, av barnen,
som blåsts bort som virvlande löv av sjukdom,
sorg och övergivenhet, av hunger och av krig.

PAM BROWN, F.1928

Varje glädjeämne och varje sorg är universell.
De där som vi tror är främlingar är våra släktingar.

PAM BROWN, F.1928

Jag är trött på stora företag och storslagna planer, stora institutioner och stor framgång. Nu uppskattar jag mera de ofta förbisedda, osynliga, mänskliga krafter, som arbetar från individ till individ, som kan krypa igenom världens sprickor som många små plantor, eller som kapillärrören där… Osynliga krafte som kommer fram där något är trasigt, som osynliga, livgivande strömmar reser de starkaste monument av stolthet.

WILLIAM JAMES (1842-1910)

Vi kan inte uträtta stordåd – bara små handlingar med stor kärlek.

MODER TERESA (1910-1997)

Hela världen söker efter glädje och lycka,
men sådant kan inte köpas till något pris
på någon marknadsplats, för det är kvalitéer
som kommer inifrån, och som likt sällsynta
juveler måste slipas, för de lyser klarast …
när man brukar dem i broderlig kärlek.

LUCILLE R. TAYLOR

Inte till något pris

Kärlekens källa ligger djupt inne i oss,
och vi kan hjälpa andra att få känna stor glädje.
Ett enda lite ord, en enda handling,
en tanke kan minska någon annans lidande och
ge den människan glädje.

THICH NHAT HANH, F.1926

bland de utstötta

… i den underbara tröst som omsorg från en medmänniska kan ge i nattmörker och vintersnö, i den nakne och utkastade – där kan du hitta kärlek.

WILLIAM BLAKE (1757-1827)

MODER MOD

I kölvattnet på allt ont som orsakats av människan
eller naturen kommer kvinnorna. De samlar ihop
det som kan räddas, de förvirrade och skadade barnen,
de vilsna, de utblottade, spillrorna av en sönderslagen värld.
De stapplar fram över varje slagfält och söker efter de sina.
De rotar i högar av sten som rasat samman vid
jordbävning och svärtats av eld.
De bygger bland olivträden och i ökensanden.

PAM BROWN, F. 1928

Den enda säkra grunden som hela
världen kan vila på är kärlek och medlidande.
Kärlek och medlidande är den yttersta
källan till glädje och lycka.
När vi väl inser värdet i detta och verkligen försöker
vårda det, kommer mycket annat gott –
förlåtelse, tolerans, inre styrka och förlitan
på att kunna övervinna rädsla och osäkerhet –
det kommer av sig självt. Detta är nödvändigt om vi
ska kunna skapa en bättre, lyckligare, mera stabil
och civiliserad värld.

HANS HÖGHET DALAI LAMA

Vardagliga handlingar blir vackra om de utförs i kärlek.

PERCY BYSSHE SHELLEY (1792-1822),
UR "PROMETHEUS UNBOUND"

DET ÄR INTE DEN PERFEKTE UTAN DEN SOM INTE ÄR FULLKOMLIG SOM BEHÖVER KÄRLEK.

OSCAR WILDE (1854-1900)

Människor förstår verkligen litet av vad ensamhet är, och vilka stora konsekvenser den kan få. En massa människor betyder inte att man har sällskap, och ansikten fladdrar bara förbi som ett galleri bilder, och samtal är bara en klingande cymbal, om det inte finns kärlek.

FRANCIS BACON (1561-1626)

Vi har ansvar för dem som på fotografier
stirrar mot oss bakom en taggtråd, de som inte
kan rusa nerför gatan i ett par nya sportskor,
som fötts på platser vi inte för vårt liv ville vistas på,
som aldrig går på cirkus, som lever i en
strålningsförgiftad värld.

Vi har ansvar för dem som aldrig får efterrätt,
som aldrig har en trygg filt att krypa in under,
som ser sina föräldrar dö,
som inte hittar något bröd att stjäla,
som inte har några rum att städa,
för dem vilkas teckningar inte finns
på något köksskåp, och för dem vilkas spöken är verkliga.

INA J. HUGHES, UTDRAG UR "PRAYER FOR CHILDREN"

skönhet

Stjärnorna lyser starkare än vår lilla sol.
Vi är utkastade vid randen av
en liten galax.
Och ändå äger vi skönhet, omsorg,
vänlighet och kärlek.
Och med det överglänser vi stjärnorna.

PAM BROWN, F.1928

Ur förödelsen samlar kvinnorna ihop små oaser av trygghet, och låter spillror stå som symboler för något helt. Här är ett hus, hoplappat av masonitbitar, där är ett kök, fyllt med rostiga kokkärl. Här står en vagga av ihoprafsade trasor. Jordbävningar, tyfoner sveper bort hela sjok av byar, och vållar förödelse i landskapet – murar skiljer människor åt. Men kvinnorna hukar vid eldarna och gömmer barnen i sina sjalar. De har gått igenom alltför mycket med att skapa liv för att låta det försvinna så lätt. De kan inte tänka i kalla siffror eller se död som något oundvikligt för barn.

PAM BROWN, F. 1928

Det är inte svårt att se hur världen idag
trots sin skönhet och storslagenhet,
trots framsteg inom vetenskap och teknologi,
trots suget efter och överflödet av materiellt
gott som erbjuds –
trots allt detta ändå törstar efter mer sanning,
mer kärlek, mer glädje.

HANS HÖGHET PÅVEN JOHANNES PAULUS II (1920-2005),
UR "AGENDA FOR THE THIRD MILLENNIUM"

Kärlek till det goda betyder mer än påbud att älska …

THE TALMUD

Ämnet kärlek är outtömligt. I det lilla ordet
göms nyckeln till såväl vår egen lycka som
till världens överlevnad. Fast modern kultur
har skapat oceaner av information, blir vi
knappast klokare av det. Information är inte
det vi mest behöver, nej, det viktigaste är att öppna våra
hjärtan för kärlekens skapande och livgivande krafter.

ELIZABETH ROBERTS & ELIAS AMIDON,
UR "PRAYERS FOR A THOUSAND YEARS"

HÅLL HÅRT I ÄGODELAR.
HÅLL HÅRT I VÄNSKAP.
HÅLL VARSAMT I KÄRLEK.

PAM BROWN, F.1928

Till slut är vi som vi älskar.
Det är kärleken som mäter oss.

WILLIAM SLOANE COFFIN (1877-1954)

Kärleken finner alltid sin väg
till en fången själ.
Och leder den ut i en värld
av frihet och förståelse!

HELEN KELLER (1880-1968)

Fången

Om det är de ljuva stunderna
som får kärleken att växa
är det ofta de gemensamt
genomlevda prövningarna
som får kärleken att djupna.

ANNE SWÄRD F. 1969

”Det finns alltid något kvar att älska.
Och om du inte har lärt dig det, så har du
faktiskt inte lärt dig något alls. Har du gråtit
över den där pojken idag? … Gråtit över det
han har gått igenom, och över hur det
påverkat honom. Min vän, när tror du det är
dags att älska en människa som mest –
när det går bra för henne och när hon är till glädje
för andra? Nej, om du tror så, är du inte fullärd –
för det är inte då hon behöver mest kärlek. Det är
när hon är längst ner och inte kan tro på sig själv,
därför att världen har tufsat till henne så …”

LORRAINE HANSBERRY (1930-1965),
UR “A RAISIN IN THE SUN”

Jag kan förstå

Allt jag förstår,
förstår jag därför att jag älskar.

LEO TOLSTOY (1828-1910)

den sista

brödbiten

Vi som bodde i koncentrationsläger
kan minnas de människor som gick
genom barackerna och tröstade andra,
de som gav bort sin sista brödbit.
De var kanske inte så många,
men de är bevis nog för att allt kan
tas ifrån en människa utom en sak:
hennes yttersta frihet –
att välja hur man ska möta varje
givet ögonblick, att välja sin egen väg.

VIKTOR FRANKL

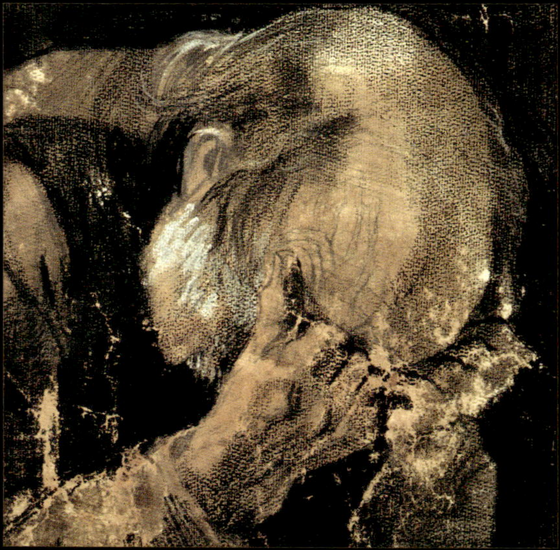

Det finns så många bedrövelser i dagens värld.
Det beror på hunger, på att man är bortdriven
från sitt hem, på alla möjliga sjukdomar.
Jag är övertygad om att det värsta av allt ont
är att känna sig ensam, att känna sig oönskad,
att sakna kärlek och tillgivenhet. Det betyder att
inte ha någon enda, att ha kommit till den punkt
då man glömt vad mänsklig kontakt är, vad mänsklig
kärlek är, vad det betyder att vara älskad, att ha
en familj ... Måtte vi alla vara verktyg för fred,
för kärlek och för medkänsla.

MODER TERESA (1910-1997), UR "HEART OF JOY"

Varje år och varje timme i mitt liv har varit en tid av kärlek. Varje vän, varje granne, ja t o m varje ovän, har varit budbärare om och verktyg för kärlek. Varje period och varje förändring i mitt liv har, trots min synd, öppnat för mig kärlekens oskattbara värde och mysterium.

RICHARD BAXTER (1615-1691)

LÄR DIG ATT LEVA

Man lever för att man ska lära sig älska.
Man älskar för att man ska lära sig leva.
Vi behöver inte kunna något annat.

MIKHAIL NAIMY (1889-1988), UR
"THE BOOK OF MIRDAD"

Detta är det som skiljer denna lilla planet
från miljoner större världar
– möjligheten till godhet
– möjligheten till omsorg.
Kärlek förvandlar den till en plats för under.

PAM BROWN, F.1928

Någon gång när vi har lärt oss bemästra vindarna, vågorna, tidvattnen och jordens dragningskraft ska vi tämja kärlekens krafter. Då ska vi för andra gången i världens historia ha upptäckt elden.

PIERRE TEILHARD DE CHARDIN (1881-1955)

... utan slut

Kärleken vet inga gränser i sitt tålamod,
den är utan slut i sin förtröstan,
inget kan krossa dess hopp;
den kan uthärda allt. Den är faktiskt
det enda som står kvar, när allt annat faller.

TOLKNING AV 1 KOR.13:1-2, 4-7

Strålar

Kärleken är den levande kraft som strömmar genom allt och strålar ut från centrum åt alla håll. Den är som ringar på vattnet i alla tankar och i allt handlande. Kärleken är nyckeln till människans väl och ve – den är ”sesam öppna dig” till varje själ.

ELIZABETH CADY STANTON (1815-1902)

Kärleken står över allt

Tiden flyr, solar går upp,
och skuggor faller –
låt det passera, för kärleken
finns överallt för evigt.

FUNNET PÅ ETT SOLUR

TEXTRÄTTIGHETER
Exley tackar för tillstånd att få återge följande texter:
MARILYN FERGUSON: From *The Aquarian Conspiracy*, published by Jeremy P. Tarcher/Putnam.
VIKTOR FRANKL: From *Man's Search for Meaning*. Used with permission from The Random House Group Ltd and Beacon Press.
THICH NHAT HANH: From *Teachings on Love*, published by Parallax Press.
LORRAINE HANSBERRY: From *A Raisin in the Sun*. Used with permission from Random House, Inc.
THOMAS À KEMPIS: From *Into the Garden*, published by HarperCollins.
DAPHNE ROSE KINGMA: Excerpted from *365 Days of Love (formerly Garland of Love)* by Daphne Rose Kingma, with permission of Conari Press, imprint of Red Wheel/Weiser, MA and San Francisco, CA. To order please call 1-800-423-7087.
NELSON MANDELA: From *Long Walk to Freedom*, published by Hachette Book Group.
POPE JOHN PAUL II: Taken from *Agenda for the third Millennium*, by Pope John Paul II, published by Zondervan.
CATHERINE PONDER: From *The Dynamic Laws of Prosperity*, published by DeVorss & Company.
MOTHER TERESA: Taken from *Heart of Joy*, published by Zondervan.
MOTHER TERESA: From *The Simple Path*, published by Ballantine Books and Random House.

BILDRÄTTIGHETER
Exley tackar följande organisationer och personer för att få återge deras bilder: AKG-Images (AKG); The Bridgeman Art Library (BAL), Edimedia (EDM); The Fine Art Photographic Library (FAP); Scala; Superstock; Topfoto. Whilst every reasonable effort has been made to trace copyright holders, the publishers would be pleased to hear from the any not here acknowledged.

Sida 40: Title and artist unknown

Sida 47: Artist unknown, private collection
The publishers have been unable to trace the copyright holders for these pictures and would be grateful if the representatives for these artists could contact them.

Front Cover, Title Page, pages 6, 29: *The Rising Sun*, GIUSEPPE PELIZZA DA VOLPEDO, Nazione d'Arte Moderna, Rome, Italy/BAL

Sida 8: *Rice Winnowing*, © FERNANDO C. AMORSOLO, 2006

Sida 10: *Dance, 1996*, FRANCKS DECEUS (contemporary artist), private collection/BAL

Sida 13: *Young Negress*, FERNAND CORMON, Musee des Beaux-Arts, Pau, France/Giraudon/BAL

Sida 15: *Playground, Lesbos*, 1996, ANDREW MACARA (contemporary artist), private collection/BAL

Sida 17: *Cupid and Psyche*, SIR EDWARD BURNES-JONES (1833-1898) © Sheffield Galleries and Museums Trust, UK/BAL

Sida 19: *Return from Fishing with Setting Sun*, Eugene Boudin, Musee d'Art Thomas Henry, Cherbourg, France/Giraudon/BAL

Sida 21: *The Harvesters' Supper*, 1898, HENRY HERBERT LA THANGUE (1859-1929) © Bradford Art Galleries and Museums, West Yorkshire, UK/BAL

Sida 22: *Les Haleurs de la Volga*, EUGENE REPINE (1870-73), Russian Museum, St Petersburg/BAL

Sida 24: *The Sisters*, EMILE CLAUS (1849-1942), FAP

Sida 27: *Ripe Wheatfields,* AUGUST (FRITZ) OVERBECK (1869-1909). Worpsweder Kunsthalle, Stade, Germany/BAL

Sida 31: *Dancing Partner, 1991*, © BENCAB, 2006

Sida 33: *Job*, LEON JOSEPH FLORENTIN BONNAT (1833-1922), Musee Bonnat, Bayonne, France/Lauros/Giraudon/BAL

Sida 34: *In Detention*, 1888, AUGUSTE JOSEPH TRUPHEME (1836-98), Musee de la Ville de Paris, Musee du Petit-Palais, France/Lauros/ Giraudon/BAL

Sida 37: *Tell Al-Zaater, 1976, In Shelter*, ISMAIL SHAMMOUT, EDM

Sida 38: *Buy a Bunch of Pretty Flowers?, 1883*, GEORGE MORTON (fl.1879-1904), private collection/Manya Igel Fine Arts Ltd., London, UK/BAL

Sida 43: *The Breakfast Table*, JOSEPH MILNER KITE (1862-1946), Waterhouse and Dodd, London, UK/BAL

Sida 44: *In the Rain, 1882*, VINCENT VAN GOGH (1853-90), Haags Gemeentemuseum, The Hague, Netherlands/BAL

Sida 49: *The Keep* © 2006 Peter Kettle

Sida 51: *Man Leaning on a Parapet*, GEORGES PIERRE SEURAT (1859-1891), private collection/BAL

Sida 53: *Looking Back, 1984*, EVELYN WILLIAMS (contemporary artist), private collection/BAL

Sida 54: *Summer, New England, 1912*, MAURICE PRENDERGAST (1859-1924), Washington DC, Smithsonian American Art Museum © 2006, Photo Smithsonian American A Museum/Art Resource/Scala, Florence

Sida 57: *Three Girls*, AMRITA SHER-GIL, private collection

Sida 58/59: *Children and Young Girls picking Flowers i a Meadow North of Skagen*, MICHAEL PETER ANCHER (1849-1927) Skagens Museum, Denmark/BAL

Sida 60: *The Agreed Proposal*, NICHOLAS-BERNARD LEPICIE (1735-1784), Musee d'Art Thomas Henry, Cherbourg, France/Giraudon/BAL

Sida 62: *The Companions, 1909,* ERNEST WELVAERT (1880-1946), private collection/© Whitford & Hughes, London, UK/BAL

Sida 65: *Lunchtime Preparations*, WILLIAM KAY BLACKLOCK, FAP

Sida 67: *Children Feeding the Birds*, YURI ALEXANDREIVICH SMIRNOV (b.1925), private collection/© Bonhams, London, UK/BAL

Sida 69: *The Window*, ILYA GLAZUNOV (b.1930) private Collection/BAL

Sida 70: *Reflex i Blått*, EVA BONNIER, National Museum of Fine Arts, Stockholm

Sida 72: *The Pedicure*, 1873, EDGAR DEGAS, (1834-1917), Musee d'Orsay, Paris, France/Lauro Giraudon/BAL

Sida 74: *Symphonie de l'action*, KONSTANTIN YUON, EDM

Sida 77: *Back to Back*, JOHN WORTHINGTON (contemporary artist), private collection/BAL

Sida 78: *The Palms Foretell,* WILLIAM PATRICK ROBERTS (1895-1980) © Bristol City Museum and Art Gallery, UK/BAL

Sida 80: *Still Life with a Candlestick*, PIETER CLAESZ (c.1590-1661), The Hague, Mauritius © 2006. Photo Scala, Florence.

Sida 82: *Mother and Child*, © ANGELITO ANTONIO, 2006

Sida 84: *En attendant l'arrivee de l'equipe,* KONSTANTIN MAXIMOV, EDM

Sida 87: *Portrait of Konenkov,* PAVEL KORIN, Tretyakov Gallery, Moscow, EDM

Sida 89: *Children in the Sea, 1909*, JOAQUIN Y BASTIDA SOROLLA, Museo Sorolla, Madrid, Index/BAL

Sida 91: *On Strike*, c.1891, SIR HUBERT VON HERKOMER (1849-1914), Royal Academy of Arts, London, UK/BAL

Sida 92: *Buy a Bunch of Pretty Flowers?, 1883*, GEORGE MORTON (fl.1879-1904), private Collection/Manya Igel Fine Arts Ltd., London, UK/BAL

Sida 95: *Bayanihan*, © ISABELO M QUILES, 2006

Sida 97: *Weighing the Tea*, KATE YATES (contemporary artist), private Collection/BAL

Sida 99: *Winter Sun in Niederrhein*, © 2006 MAX CLARENBACH, Galerie Paffrath

Sida 100: *Sylvia,* SIR FRANK DICSKSEE, by courtesy of Sotheby's Picture Library, London

Sida 102: *Portrait of Dalouel and Family*, LAURENCE ALMA TADEMA, Roger Viollet Collection/Topfoto

Sida 104: *Title unknown*, ISMAIL SHAMMOUT, EDM

Sida 106: *Working on the Metro under the Place de l'Etoile*, 1899, GASTON BRUN (1873-1918), Musee de la Ville de Paris, Musee Carnavalet Paris, France/Giraudon/BAL

Sida 108: *Menshikov in Berezovo,* VASILY SURIKOV (1848-1916), Tretyakov Gallery, Moscow, EDM

Sida 111: *Girl Atop Hay, 1992*, © JOSE V. BLANCO, 2006

Sida 112: *Caute Porteele de propaganele Palestemenne*, EDM

Sida 115: *School's Out, 1936*, ALLAN ROHAN CRITE (b. 1910), Smithsonian American Art Museum, Washington DC. © 2006. Photo Smithsonian American Art Museum/Art Resource/Scala, Florence

Sida 117: *Girl Atop Hay, 1992*, © JOSE V. BLANCO, 2006

Sida 119: *Old Man in Sorrow on the Threshold of Eternity*, VINCENT VAN GOGH, EDM

Sida 120: *Miners' Wives Carrying Sacks of Coal*, VINCENT VAN GOGH, Rijksmuseum Kroller-Muller, Otterlo, Netherlands/BAL

Sida 123: *Maternity (Suffering)* EUGENE CARRIERE (1849-1906) © National Museum and Gallery of Wales, Cardiff/BAL

Sida 124: *I Believe in God, 1948*, © VINCENTE S. MANANSALA, 2006

Sida 127: *Still Life with a Carpet Tablecloth*, c.1730, RUSSIAN SCHOOL, © The State Hermitage Museum, St. Petersburg

Sida 128: *The Exercise Yard, or The Convict Prison*, 1890, VINCENT VAN GOGH (1853-90), Pushkin Museum, Moscow, Russia/BAL

Sida 130: *Face in the Crowd, 2002,* EVELYN WILLIAMS (contemporary artist), private collection/BAL

Sida 133: *Three African Boys, 1976*, DAVID GENTLEMAN (b.1930), private collection/BAL

Sida 134: *Grieving, 1996*, EVELYN WILLIAMS (contemporary artist), private collection/BAL

Sida 136: *Algerian Mother*, KARL ERICH MULLER (b. 1917), Gemaldegalerie, New Meister, AKG-images, Berlin

Sida 138: *Stormy Sunset*, JOHN RUSKIN (1819-1900) (attr. to) © Ruskin Museum, Coniston, Cumbria, UK/BAL
Sida 140: *Homme Meditant*, VAN BRE-HEKUKAM, EDM

Sida 143: *Anna Washington Derry, 1927*, LAURA WHEELER WARING (1887-1948), Smithsonian American Art Museum, Washington DC. Gift of the Harmon Foundation. © 2006. Photo Smithsonian American Art Museum/Art Resource/Scala, Florence

Sida 145: *The Old Cotton Picker*, WILLIAM AIKEN WALKER (1838-1921), American Christie's Images, New York/Superstock

Sida 147: *The Long Penance,* STEVIE TAYLOR (contemporary artist), private collection/BAL

Sida 148/149: *Shades of Night* NESTA JENNINGS CAMPBELL (20th century) © Cheltenham Art Gallery & Museums, Gloucestershire, UK/BAL

Sida 150: *Three African Boys, 1976,* DAVID GENTLEMAN (b.1930), private collection/BAL

Sida 152: *Portrait of an Old Man with a Stick, 1889-90*, PAUL GAUGUIN (1848-1903), Musee de la Ville de Paris, Musee du Petit-Palais, France/Giraudon/BAL

Sida 154: *Tell Al-Zaatar, The Wound,* ISMAIL SHAMMOUT, EDM

Sida 156: *Man with his head in his hands,* VINCENT VAN GOGH (1853-90), Rijksmuseum Kroller-Muller, Otterlo, Netherlands/BAL

Sida 158: *Light in the Dark*, FEDERICO D'ESTRADO, 2006, private collection

Sida 161: *The Golden Shower*, GIOVANNI BATTISTA SPINELLI, Florence, Hotel Mona Lisa. 1990. © Photo Scala, Florence

Sida 163: *Mother and Child,* PAUL WAGNER (fl.1870) Albion Fine Art, London, UK/BAL

Sida 165: *Paysage Autour du Mont St Michel-Lundi Matin*, Emmanuel Lansyer, EDM

Sida 166: *Stone Age Circular Wall on Ruegen,* Carl Gustav Carus, National Gallery, Oslo/AKG-images, London

Sida 169: *By the Shore, 17th July 1960*, CLIFFORD HALL (1904-73), private collection/Manya Igel Fine Arts Ltd./BAL

Sida 170: *The Timber Waggon*, JOHN GRIMSHAW ATKINSON (1836-93), private collection/ © Christopher Wood Gallery, London, UK/BAL